Sir Joshua Reynolds pinx.t P. Viel Sculp

Avec Privilège du Roi

TRADUCTION

DU

THEATRE ANGLOIS,

Depuis l'origine des Spectacles, jusqu'à nos jours.

TOME PREMIER.

A PARIS,

Chez la Veuve BALLARD & Fils, Imprimeurs du Roi, rue des Mathurins, Quartier Saint-Jacques.

MÉRIGOT l'aîné, Libraire, au Boulevard de la Porte Saint-Martin, & sous le Vestibule de l'Opéra.

MÉRIGOT le jeune, Libraire, Quai des Augustins.

BELIN, Libraire, rue Saint-Jacques.

RENAULT, Libraire, rue Saint-Jacques.

Et au Bureau du Théatre Anglois, rue Sainte-Appoline, N°. 6.

M. DCC. LXXXIV.

Avec Approbation & Privilège du Roi.

LA VIE
DE DAVID GARRICK,
ECUYER.

DAVID GARRICK, fils du Capitaine Pierre Garrick, naquit à Hereford le 20 Février 1716. On le confia, à l'âge de dix ans, aux soins de M. Hunter, à Litchfield, résidence ordinaire de son pere, mais il n'y fit que de foibles progrès dans le latin, & commença dès-lors à s'adonner à l'étude des Auteurs dramatiques. Il avoit à peine onze ans lorsqu'il joua le rôle de Sergent *Kite* dans la Comédie du *Recruiting Officer*, ou *l'Officier Recruteur*. La petite troupe qu'il avoit composée de ses sœurs & de ses camarades d'école, surprit toute l'assemblée par la précision de son jeu. Son pere croyant en tirer meilleur parti dans le commerce, l'envoya à Lisbonne chez son frère, grand négociant; mais au bout d'une année il revint chez M. Hunter, y resta jusqu'en 1735, & le quitta pour être le pupille du célèbre Samuel Johnson, qui enseignoit depuis peu, les Auteurs classiques, à quelques jeunes gens de condition.

Malgré les talens distingués de son savant maître, il n'en profita point autant qu'on auroit dû s'y attendre. Un esprit aussi pénétrant ne s'accommodoit pas de l'application qu'exigent les études sérieuses, son goût pour le théatre prévaloit toujours. Samuel Johnson de son côté, s'ennuya bientôt du rôle de Pédagogue ; il convint avec Garrick de quitter Litchfield, & de chercher ensemble fortune dans la capitale.

Le maître & l'écolier partirent le 2 de Mars 1736, & arrivèrent le 9 à Londres. Le jeune Garrick se destinant au barreau, fut se loger à Lincoln'sinn, pour y étudier les loix, & Samuel suivit une autre carrière. A la mort de son oncle en 1737, M. Garrick ayant hérité de 1000 livres sterlins (1), se rendit à Rochester chez M. Colson, maître de mathématiques, pour y achever son éducation : la société de ce grand philosophe hâta le développement de ses idées ;

(1) Son oncle lui légua cette somme pour le dédommager, disoit-il dans son testament, des fatigues d'un voyage infructueux.

& quoiqu'il fit de foibles progrès dans les mathématiques, elles lui donnèrent cependant l'habitude de la réflexion & du raisonnement.

Sur ces entrefaites, Garrick perdit son pere, & peu de temps après sa mere (1), ce bon parent chargé d'une nombreuse famille (2), avoit fait une échange avec un de ses camarades, destiné à la garnison de Gibraltar; celui-ci lui avoit cédé les appointemens de sa compagnie de Capitaine; il passa quelques années dans cette forteresse, & revint en Angleterre avec le projet d'y vendre sa commission au bénéfice de ses enfans; mais la mort l'enleva au moment où il en avoit obtenu l'agrément. Songeant alors sérieusement à embrasser un état, M. Garrick s'associa avec Pierre Garrick, son frère, dans le commerce des vins; mais les occupations

(1) Elle se nommoit Miss Clough, fille d'un Vicaire de la cathédrale de Litchfield; elle avoit beaucoup d'érudition & d'esprit.

(2) Il avoit sept enfans.

de cet état ne s'accordant pas avec son goût pour le Théatre, il renonça bientôt à la société & revint à sa passion favorite. Il se détermina enfin à essayer ses talens dramatiques, & débuta l'année 1741 sur le Théatre d'Ipswich, dans la Tragédie *d'Oronoko* par le rôle *d'Abaon* ; il le préféra quoiqu'assez médiocre, parce qu'étant celui d'un negre, il cachoit ses traits, & lui épargnoit la honte dans le cas où il auroit échoué ; il eut même la précaution de s'annoncer sous le nom de M. *Liddel.* Il joua à Ipswich dans la Tragédie, dans la Comédie, & prit le rôle d'Arlequin dans les farces ; il eut dans chacun le plus grand succès. Un début aussi flatteur le fit aspirer à la gloire de briller sur les théatres de Londres, mais les Directeurs doutant de son mérite, lui refusèrent de l'emploi ; il accepta les propositions de M. *Giffard*, directeur du petit théatre de *Goodman's-Fieds*, & y débuta le 19 Octobre 1741 dans le rôle de Richard III (1) avec un succès

(1) Pièce de *Shakespear.* Ce rôle plaît singulièrement aux Anglois, par la grande variété de traits

complet. Il parut sur la scène, comme le soleil qui, tout-à-coup, perce un nuage épais, & l'on vit dans l'aurore de Garrick tous les talens d'un Acteur consummé. Ce phénomène attira bientôt l'attention & l'admiration du Public; on déserta les Théatres royaux, & à peine put-on approcher de celui de *Goodman's-Fields*.

Malgré les offres avantageux que lui firent alors ceux qui l'avoient refusé, Garrick continua d'y jouer le reste de la saison (2). Cependant il accepta les propositions des Directeurs de *Dublin*, & joua en Irlande pendant les mois de Juin, de Juillet & d'Août

---

historiques dont il abonde, & l'intérêt qu'il inspire à une nation, où le moindre artisan est instruit des vicissitudes qu'éprouva la royauté dans ces temps malheureux, il est très-favorable à un bon Acteur par les différentes situations où se trouve le Héros.

(2) La clôture des Théatres se fait au commencement de Juin, & l'on n'en fait l'ouverture qu'au commencement d'Octobre. Depuis l'année 1762, il y a un petit Théatre d'été dans le *Haymarket*, ou le *Marché au foin*, où l'on joue la Comédie quand les autres Théatres sont fermés.

de l'année 1742, avec les mêmes applaudissemens qu'en Angleterre. Quoiqu'on fit tous les efforts pour le retenir en Irlande, il revint l'hiver à Londres & s'engagea dans la troupe de M. *Fleetwood*, Directeur du Théatre de *Drury-Lane*, où il resta jusqu'à l'année 1745. Pendant le même hiver il passa de nouveau à *Dublin*, & prit, conjointement avec M. *Sheridan*, la direction du Théatre de *Smock Alley*.

L'année 1743, M. *Sheridan* acteur d'un mérite reconnu, étoit venu faire à Londres assaut de talens avec M. *Garrick*, mais ce dernier l'ayant emporté, *Sheridan*, en prenant la direction du Théatre de Dublin, lui écrivit pour lui proposer une association dans cette entreprise, aux conditions de jouer alternativement, & de partager également les pertes des jours où Garrick ne paroîtroit pas sur la scène, & les profits que son mérite lui assuroit. Il finissoit sa lettre en disant : « qu'il ne » devoit point attribuer ces offres à l'amitié, » qu'ils ne se devoient rien à cet égard, » mais à l'hommage qu'il rendoit à ses ta-

» lens supérieurs ». Il montra cette lettre au Colonel *Wyndham* son ami, qui s'écria après l'avoir lue : « Fiez-vous à cet homme, » la jalousie ne l'aveugle pas ». Il partit, mais voulant avoir un traitement à part, *Sheridan* s'y opposa, & lui répliqua qu'il n'étoit pas juste qu'il eût tous les bénéfices. *Garrick* objecta, *Sheridan* prit sa montre & lui dit : « je vous laisse quinze minutes pour réfle- » chir sur la justice de ma proposition, si » vous la trouvez déraisonnable, je me sou- » mets à la décision d'un homme dont le » jugement doit égaler les talens ». *Garrick* ne le laissa point achever, & répliqua : « qu'il » n'avoit pas besoin d'une seconde pour s'ap- » percevoir qu'il traitoit avec le plus hon- » nête homme des trois Royaumes ». *Garrick* revint à Londres en 1746 comblé d'éloges, de présens & d'argent, & s'engagea pour le reste de la saison dans la troupe de M. *Rich*, Directeur du Théatre Royal de *Covent Garden*. Dès que le Public fut instruit qu'il jouoit (1), il se rendit en foule au

(1) On annonce sur les affiches des Spectacles les

Spectacle ; le concours de monde fut si grand, qu'on paya jusqu'à une guinée les places d'un shelling (2).

A la fin de l'hiver, le privilège de *Fleetwood* expirant, *Garrick* acheta en société avec *Lacy*, le Théatre de *Drury-Lane*; ils obtinrent le renouvellement du privilège en leur nom, formèrent une nouvelle troupe, & reformèrent plusieurs abus que l'inexpérience & le mauvais goût de leurs prédécesseurs avoient introduits ou tolérés (3).

Les nouveaux Directeurs ouvrirent leur Spectacle par les ouvrages des meilleurs Au-

---

noms des Acteurs qui doivent jouer les différens rôles de la pièce annoncée.

(2) La guinée vaut 24 liv. 8 sols, & le shelling environ 1 liv. 3 sols 6 den.

(3) *Fleetwood*, grand amateur des farceurs & des danseurs de corde, en avoit engagé dans sa troupe; il négligeoit les bons Acteurs, & se ruinoit en spectacles de pantomime; il fut obligé d'affermer son Théatre à un nommé *Pierson*, son trésorier, pour s'acquitter envers lui des sommes considérables qu'il lui avoit empruntées. Ce nouveau Directeur étoit ignorant, avide & insolent.

teurs, & continuèrent d'avoir le plus grand succès.

M. *Garrick* n'épargna ni soins ni fatigues, pendant vingt-neuf ans qu'il eut la direction du Théatre, pour mériter les suffrages du Public; pendant ce long espace de temps, il ne s'absenta que deux années, tant pour se délasser d'un travail assidu, que pour satisfaire à sa curiosité. Il partit le 15 de Septembre 1763, & retourna à Londres à la fin d'Août 1765. Par-tout il fut accueilli avec cette distinction due au vrai mérite. Il déclamoit souvent chez les personnes avec lesquelles il vivoit familièrement, & faisoit sur ceux-mêmes qui n'entendoient pas l'anglois, les plus vives impressions. Madame Belcour, célèbre Actrice du Théatre François à Paris, convient qu'il lui fit éprouver les sensations de la douleur, du plaisir, de la joie, de la crainte, & de toutes les passions qui affectent l'ame, sans cependant comprendre un mot de ce qu'il disoit.

A son retour il refusa de prendre de nouveaux rôles, mais continua pendant le courant de chaque saison jusqu'en l'année 1776, de paroître dans ceux qu'ils affectionnoient. Sa santé déclinant, il céda le privilège qui lui avoit coûté 8000 livres sterling pour la somme de 35000 liv. à *Brinsley Sherdan* (1), à *Thomas Lenley*, & à *Richard Ford*, & prit congé du Public le 10 Juin 1776, après avoir joué le rôle de Don Felix dans la Comédie *The Wonder* (2). Il avoit alors soixante ans, & n'en paroissoit point avoir trente sur la scène. Il se surpassa ce jour-là, & quitta le Théatre avec le même éclat qu'il y avoit paru dans sa jeunesse. Au moment où la Pièce finissoit, il fit suspendre le rideau prêt à être baissé, & s'avançant tristement sur l'avant-scène, il essaya de parler; mais fondant tout-à-coup en larmes, il ne put pro-

(1) Auteur de la fameuse Comédie, *the school for scandal*, ou l'école de la médisance.

(2) *The Wonder*, *ou la chose étonnante*. Une femme qui garde un secret, & un amant jaloux, font l'intrigue de la Pièce. M. *d'Hele* l'a ingénieusement arrangée pour le Théatre des Italiens à Paris, & en a fait un Opera-Comique sous le nom de *l'Amant jaloux*.

férer aucune parole ; à la fin cependant il s'exprima en ces termes : « Messieurs & » Dames, il est d'usage de vous remercier à » la clôture du Théatre, par un Epilogue » en vers, mais je n'ai pas eu la force de » le composer, & j'aurois encore moins » celle de le prononcer aujourd'hui. Ce mo- » ment-ci est cruel pour moi, c'est celui » d'une séparation éternelle, avec ceux qui » m'ont honoré pendant tant d'années de » leurs bontés. Et dans quel lieu faut-il que » je leur en témoigne ma reconnoissance ! » Sur ce même Théatre où j'ai joui si long- » temps »..... Les sanglots l'empêcherent de continuer, toute l'assemblée mêla ses larmes aux siennes ; il se remit cependant, & poursuivit avec une voix à moitié étouffée par la douleur : « le souvenir de vos bontés » ne s'effacera jamais d'ici, (mettant la main » sur le cœur ».) Il n'en put dire davantage, & se retira emportant l'admiration & les regrets de tout le monde. Un morne silence succéda aux plus grands applaudissemens, & chacun sortit en déplorant une si grande perte.

Depuis long-temps M. *Garrick* souffroit de la pierre & de la goutte; pour en diminuer les accès il avoit usé de divers palliatifs; ces remedes mal administrés sembloient opérer pour l'instant, mais faisoient des ravages inouis sur son tempérament; ce poison lent hâta la fin de ses jours, & au moment où il se flattoit de jouir tranquillement dans le sein de sa famille (1) & de ses amis, du fruit de ses travaux, il mourut après quelques jours de maladie dans sa maison à Londres, & fut enterré avec beaucoup de pompe, dans l'Abbaye royale de *Westminster*.

(1) Il avoit épousé en 1746 la Signora Violetta, dont le mérite & la beauté égaloient le talent pour la danse. Ces deux époux étoient tendrement unis. M. *Garrick* étoit recherché & chéri par les personnes les plus distinguées. Il étoit à Althorpe, chez Milord Spencer, lorsqu'il eut l'attaque de gravelle dont il mourut. Il eut cependant la force de retourner à Londres. Son état parut moins alarmant le lendemain de son arrivée 16 de Janvier 1779; mais de nouveaux symptômes faisant craindre une rechûte, il consulta son Médecin qui l'avertit du danger, & mit tranquillement ordre à ses affaires; il expira le Mercredi 20 Janvier à huit heures du matin; on découvrit que la cause de son mal étoit une paralysie dans les reins.

Il est impossible de détailler les différens mérites de ce grand Acteur également sublime dans la Tragédie, dans la Comédie, & dans le bas-commique. Il étoit parfait dans les rôles du Héros, de l'Amoureux, de l'Epoux jaloux, & du Libertin. Toutes les passions & le *temps* même sembloient obéir à l'empire de ses muscles. Aujourd'hui son visage sembloit sillonné des rides de la vieillesse, & le lendemain il paroissoit que l'amour en eût formé les traits. Il dînoit un jour à Rome avec les plus fameux artistes & peintres, entr'autres *Pompée Battoni*, M. *Cochin*, M. *Dance*, Anglois, &c. &c. Ils s'entretenoient de divers sujets concernant leur art, & firent plusieurs observations judicieuses sur l'effet que doivent produire les passions sur les muscles de la figure. *Garrick* donna son opinion, & dans la force du discours il adapta si naturellement le geste à la parole, qu'il étonna tous ceux qui l'écoutoient; il passa avec une rapidité incroyable de la fureur à la joie, de l'emportement à la langueur, de la stupidité à la vivacité, & ainsi de suite. Tous s'écrièrent qu'ils n'avoient jamais rien vu de si parfait. La rage, le désespoir, l'incertitude, la raillerie, le transport, la tendresse, le mépris, la pitié, l'amour, la jalousie, la crainte, la fureur & la simplicité, se peignoient si bien sur sa figure, qu'on ne distinguoit pas la nature de l'art (1). On peut en juger par le succès qu'il eut dans les différens rôles du *Roi Lear*, de *Dorilas*, de *Romeo*, de *Lusignan*, de *Ranger*, de *Bayes*, de *Drugger*, de *Kitely*, de *Brute*, de *Benedicte*, *&c.* *&c.* En un mot, la nature chez laquelle il puisoit ses leçons, lui avoit prodigué tous ses bienfaits. Elle lui avoit donné la faculté de peindre les différentes passions de l'ame à un point qu'aucun Acteur ne surpassera, & que même peu doivent se flatter d'égaler; son silence même étoit plein d'énergie & d'éloquence, en un mot il étoit impossible de le regarder sans émotion.

(1) Il en existe un exemple dans le portrait de M. *Fielding*, auteur de *Tom Jones*. On regrettoit que cet homme célèbre eût négligé de se faire peindre. *Garrick* ayant vécu familièrement avec lui, dit qu'il suppléeroit à cette perte; aussitôt il composa son visage & imita si naturellement celui de *Fielding*, qu'on s'y trompa, on le peignit, & jamais portrait ne fut plus ressemblant.

Sa taille étoit moyenne, mais noble & aisée ; il avoit de la grace, du naturel, & un maintien distingué, ses yeux noirs pénétrans & brillans annonçoient les mouvemens de son ame; il avoit les traits mâles, & le teint basané; sa voix étoit claire, harmonieuse & imposante, & quoiqu'elle ne fût pas aussi forte que celle de *Mossop*, ou aussi sonore que celle de *Barry ;* ses modulations étoient plus variées, & la manière judicieuse dont il la gouvernoit lui donnoit une précision rare. Il avoit une prononciation perçante, qui rendoit sa déclamation intelligible dans les endroits les plus éloignés du théatre.

Tout le temps qu'il fut Directeur, il étudia soigneusement le goût du Public, & chercha tous les moyens de lui plaire; & quoique cet état soit sans cesse exposé aux satyres des Acteurs & des Auteurs mécontens, on fut forcé de respecter M. *Garrick.* Il encouragea les talens naissans, & forma plusieurs Acteurs & Auteurs de mérite: le plus grand nombre ont dûs leur succès à ses conseils, ou aux corrections qu'il faisoit à leurs ouvrages. Le Public lui doit aussi plusieurs pièces estimables des anciens Auteurs qui languissoient dans l'oubli, tant par l'ignorance des Directeurs que par une négligence méprisable. Il eut encore la gloire de réformer la scène, d'en bannir la licence, & d'en faire l'école des mœurs, le fléau du vice & l'ecueil du ridicule.

M. *Garrick* étoit non-seulement un grand Acteur, mais un excellent Auteur ; toutes ses productions dramatiques renferment une satyre piquante, une diction aisée, de la grace dans le style, & beaucoup de vérité dans les caractères. Il a corrigé plusieurs Auteurs du dernier siècle, a imité quelques pièces du Théatre Espagnol, & en a composé quelques autres dont le succès fut complet. Il fit quelques pièces de vers qui furent généralement applaudis ; ses Prologues & ses Epilogues sont le meilleur tableau des mœurs Angloises pendant environ trente-six ans ; il excelloit dans la satyre & dans le style épistollaire, mais le Public jugera mieux que nous du mérite de cet Auteur, par la traduction de ses Œuvres dramatiques.

LISTE
DES ŒUVRES DRAMATIQUES
DE DAVID GARRICK.

THE *lying Valet;* le Valet menteur. Comédie en deux actes.

Miss in her teens or the medley of lovers; Miss dans ses dix ans, ou l'embarras des amoureux. Comédie.

Le Fleuve lethé; satyre dramatique.

Les Fées; Opera-comique.

The Tempest; la Tempête. Opera.

Lilliput; divertissement dramatique.

The male coquet or seventeen hundred fifty seven; l'Homme coquet, ou l'Année 1757. Farce.

The Guardian, ou le Tuteur. Comédie en deux actes.

High life Below stairs; les Valets singes de leurs maîtres. Comédie.

The Enchanter or love and magic ; le Devin ou l'Amour & la Magie. Divertissement en deux actes.

Harlequin's invasion ; l'Invasion d'Arlequin. Divertissement.

The farmer's return from London ; le Fermier de retour de Londres. Comédie.

The clandestine Marriage ; le Mariage clandestin. Comédie en cinq actes.

Neck or nothing ; Tout ou rien. Farce.

Cymon ; Pastorale dramatique en cinq actes.

A Peep Behind the curtain or the new-rehearsel ; un Coup-d'Œil derrière le Rideau, ou la Nouvelle Répétition. Comédie.

The Jubilee ; le Jubilé de Shakespear. Divertissement; il n'est point imprimé.

The Institution of the Order of the Garter ; l'Institution de l'Ordre de la Jarretiere. Divertissement.

The jrish Widow ; la Veuve Irlandoise. Comédie en deux actes.

A Christmas tale ; un Conte fait à Noel en cinq actes, ou plutôt cinq parties; il y a plus de spectacle que de dialogue.

The meeting of the company; l'Assemblée de la Troupe. Prélude.

High life above stairs; les Mœurs du Temps. Comédie en trois actes.

May day; le premier jour de Mai. Opera Ballet.

The theatrical candidates; les Prétendans au Théatre. Prélude.

PIECES CORRIGÉES.

Romeo and Juliet, de Shakespear.

Every man in his humour; chaque Homme dans son caractère, de Ben Johnson; représenté pour la première fois en l'année 1598.

Florizel & perdita; Pastorale dramatique en trois actes. M. *Garrick* a pris les meilleures scènes d'une pièce de Shakespear, nommée *the Winter's tale*, ou un Conte d'Hyver.

Catherine & Petruchio. Comédie en trois actes. M. *Garrick* a pris le sujet de cette pièce d'une des plus défectueuses de Shakespear, nommée *the Taming of the Shrew;* l'Accariatre rendue docile.

The Gamesters; les Joueurs. Comédie de James Sherley. Elle fut jouée en 1637, corrigée depuis par Charles Johnson, & perfectionnée par David *Garrick*, qui la remit au Théatre l'an 1758.

Isabella or the fatal Mariage; Isabelle ou le fatal Hymen. Tragédie de M. Sautherne.

Cimbeline; pièce de Shakespear.

King Arthur or the British Worthy; le Roi Arthur, ou les Héros de la Grande Bretagne. Opera dramatique par John Dryden, représenté en 1691.

Hamlet; pièce de Shakespear.

The Chances, ou les Événemens Imprévus. Comédie. Cette pièce appartient à Beaumont & Fletcher, auteurs contemporains de Shakespear. Le Duc de Buckingham y fit quelques corrections, & la fit jouer sur un Théatre royal de Londres l'an 1682. David *Garrick* la trouvant trop licentieuse pour un siècle épuré, la corrigea de nouveau, avec le plus grand succès.

Albumazar; Comédie, par M. Tomkis, étudiant du Collège de la Trinité à Cambridge. Elle fut représentée à Cambridge le 9 de Mars 1615, devant le Roi Jacques Ier. Dryden, dans un Prologue qu'il composa pour *Albumazar*, qu'on remit au Théatre, accuse Ben Johnson de plagiat, & dit positivement qu'il a pris de cette pièce, le sujet de la fameuse Comédie nommée l'*Alchymiste*, mais cette imputation est fausse, *l'Alcyhmiste* parut quatre années avant celle-ci: M. *Garrick* l'arrangea judicieusement pour le goût de notre siècle, la donna au Public l'année 1748, mais elle n'eut qu'un très-foible succès.

Alfred; Tragédie, par David Mallet. Les corrections n'eurent pas plus de succès que l'original.

Rule a wife and have a wife; Prenez Femme & gouvernez-la. Comédie de John Fletcher; pièce très-estimée, sur-tout depuis les corrections de M. *Garrick*.

Il corrigea plusieurs autres pièces des Auteurs modernes.

Quoiqu'on ait eu dans les Gazettes la relation de la pompe funèbre de M. *Garrick*, nous nous permettons de l'insérer à la suite de sa vie. Les honneurs qu'on a rendus à sa mémoire font l'éloge de la nation Angloise, & doivent encourager les talens.

RELATION
DE
LA POMPE FUNEBRE
DE DAVID GARRICK, ECUYER.

CE célèbre Acteur fut inhumé dans l'Abbaye royale de Westminster, sépulture des Rois d'Angleterre, & où les cendres des Héros & des hommes distingués par leur mérite reposent à côté de celles de leurs illustres Souverains. Il fut enterré à deux pieds de distance du monument de Shakespear (1), & fut accompagné au tombeau par les plus grands Seigneurs de l'Angleterre, par les gens les plus célèbres dans les arts, les sciences & la littérature, par ses amis, par les comités des deux Théatres, & administrateurs du fond destiné au soulagement des Acteurs indigens, institution qui doit son succès à cet estimable citoyen. Dès que tout le

(1) Monument qu'érigèrent, en 1740, les Dames de Londres à la mémoire de ce grand homme, inhumé dans l'Eglise cathédrale de *Stratford*.

monde fut assemblé dans la maison du défunt (1), on mit le corps dans le corbillard, & l'on se rendit le premier Février 1779, à Westminster dans l'ordre suivant (2).

Quatre porteurs ayant des bâtons blancs à la main.

Le ciel du lit de parade (3).

Six Pages.

Le corbillard attelé de six chevaux.

Six Pages.

Six hommes à cheval, vêtus de noir & en grands manteaux noirs.

Le Porte-Pavillon aux armoiries du défunt, à cheval.

---

(1) Dans l'Adelphi, sur le bord de la Tamise.

(2) Il est d'usage en Angleterre de n'enterrer les morts que huit jours après leurs décès, à moins qu'ils ne meurent d'une maladie pestilentielle. Aucun corps n'est inhumé sans que des gens établis par le Gouvernement ne l'aient inspecté, & n'aient donné leur opinion sur le genre de maladie dont il est mort. On appelle ces gens *coroners*. La députation est composée d'un chef, accompagné de douze assistans. Il y a des femmes pour l'inspection des personnes de leur sexe.

(3) On l'appelle en Anglois, *state lid*, c'est une planche longue de quatre pieds, & large de deux, couverte d'un grand tapis noir, & ornée de grandes panaches de plumes blanches. Un homme la porte sur la tête.

De chaque côté un assistant.

Six Ecuyers à cheval, & couverts de manteaux noirs.

Le Trésorier du Théatre royal de *Drury-Lane.*

La cote-d'arme, le casque, le cimier, le manteau (1) porté par le Concierge du même Théatre.

Un carrosse de parade, attelé de six chevaux. — vuide.

Un autre attelé de même où étoit quatre Prêtres du clergé Anglican.

Cinq carrosses occupés par les personnes destinées à porter les coins du drap mortuaire.

Le premier, occupé par le Duc de Devonshire, & Milord Camden.

Le second, par les Lords Spencer & d'Ossory.

Le troisième, par Milord Palmerston, & l'honorable M. Rigby (2).

Le quatrième, par Sir Watkin, William, Wynne Baronnet, & l'honorable M. Stanley.

---

(1) Attributs d'un Gentilhomme, & auxquels M. Garrick avoit des droits par sa naissance.

(2) On donne le titre d'honorable aux fils des Lords lors qu'ils n'ont pas celui de *Lord.*

Le cinquième, par Albany Wallis, Ecuyer, & John Patterson, chef du deuil.

Vingt-six carrosses attelés de six chevaux.

Le premier, occupé par Richard Brinsley Sheridan, Ecuyer, Directeur principal du Théatre de Drury-Lane.

Deux portes-queue.

Le second, par les chefs du deuil de famille, Mrs. Charles, David & Nathaniel Garrick, & le Capitaine Shaw.

Le troisième, par le Médecin & l'Apothicaire, le Charpentier & le Régisseur du Théatre

Deux hommes en manteau noir, à cheval.

Le comité du Théatre royal de Drury-Lane, composé des principaux Acteurs.

Le quatrième, Mrs. King & Smith.

Le cinquième, MM. Yates, Dodd & Vernon.

Le sixième, MM. Palmer, Brereton, Bensley & Moody.

Le septième, MM. Aickin, Parsons & Baddeley.

Deux hommes en manteau noir, à cheval.

Le comité du Théatre royal de Covent Garden, composé de principaux Acteurs.

Le huitième, MM. Mattocks, Clarke, Aickin & Baker.

Le neuvième, MM. Hull, Lewis, Wroughton & Reinhold.

Le dixième, MM. Lee-Lewis, Whitfield, Quick & Wilson.

Deux hommes en manteau noir, à cheval.

Les Membres du *Club* littéraire.

Le onzième, Milord Alstrop, l'honorable John Beauclerk, aujourd'hui Lord Vere, Sir Charles Bunbury Baronnet, Edmund Burke (1) Ecuyer.

Le douzième, John Dunning (2), Docteur Percy, doyen de Carlisle; Docteur Samuel Johnson (3), Docteur Marles, doyen de Furness.

Le trezième, Edward Gibbon, George Colemon (4), Joseph Banks (5), Antoine Chomier.

---

(1) Célèbre membre du Parlement, & qui n'a jamais varié dans ses principes. Son éloquence le distingue autant que son érudition. Il est l'auteur des lettres de *Junius*.

(2) Le plus célèbre Jurisconsulte de l'Angleterre.

(3) Célèbre pour ses productions littéraires.

(4) Directeur d'un Théatre d'été, & Auteur de différentes Comédies très-estimées.

(5) Il accompagna le Capitaine Cook dans son voyage vers le Pole du Sud. *Voy. les Voyages de Cook, 2 vol in 4°.*

Le quatorzième, l'honorable Charles Fox, Sir Joshua Reynolds (1), William Jones, & William Scott.

Le quinzième, le Docteur George Fordyce, Robert Orme, Bennet-Langstone, & M. Chetwynd.

Deux hommes en manteau noir, à cheval.

Amis particuliers de M. *Garrick.*

Le seizième, Sir George Cooper Barronet, Sir Thomas Miller, Thomas Harris, & Henry Hoare.

Le dix-septième, John Robinson, le Général Hale, George Harding, & Richard Berenger.

Le dix-huitième, Henry Wilmot, George Rupert & Robert Adams (2).

Le dix-neuvième, Richard Cumberland (3), John Calvert, Richard Cox (4) & Thomas Wyld.

Le vingtième, Henry Bate, Docteur Ford, Thomas Linley (5) & Richard Tickle.

---

(1) Fameux Peintre.

(2) Il a bâti ce superbe quartier de Londres, nommé l'Adelphi, où M. *Garrick* avoit sa maison.

(3) Distingué pas ses productions dramatiques.

(4) Propriétaire d'un fameux museum qui porte son nom,

(5) Co-Directeurs du Théatre de *Drury-Lane.* Le dernier excelloit déja pour le violon à l'âge de 13 ans.

Le vingt-unième, Nathaniel Barwell, les deux frères Romus & l'honorable & Révérend M. Cholmley.

Le vingt-deuxième, William Whitehead, Wilson, Airy, & le Docteur Burney.

Le vingt-troizième, Thomas Forest, Parsons, Crawford & Vaughan.

Le vingt-quatrième, MM. Angelo, Racket, & Churchill.

Le vingt-cinquième, MM. Lauterburgh (1) Bennet, Texier (2) & Becket.

Le vingt-sixième, MM. Noverre (3) Walker Johnes & Capel.

La voiture de M. Garrick, vuide.

Celle du Capitaine Shaw, vuide.

Vingt-quatre voitures vuides appartenantes aux personnes qui occupoient les voitures du deuil; en

---

(1) Peintre très-distingué.

(2) Il se proposoit d'établir un Opera-comique François à Londres, ou dans les environs. Ce projet alloit avoir lieu, mais les hostilités entre la France & l'Angleterre en 1778, empêchèrent de l'effectuer.

(3) Toute l'Europe connoît ce fameux Maître de Ballets.

tout 70 voitures. Les cochers & les laquais avoient des gands noirs & des morceaux de taffetas noir sur leurs chapeaux, en guise de crêpe.

Le convoi arrivé à l'Abbaye, le Doyen à la tête du Chapitre, vint recevoir le corps à la porte de l'Eglise. L'Evêque de Rochester officia, & rendit, avec la plus grande pompe, les derniers devoirs au *Roscius* de l'Angleterre.

Toutes les voitures de deuil étoient attelées de six chevaux, chacun s'empressoit d'y envoyer les plus beaux; des Pages marchoient à chaque côté des voitures.

Le cercueil étoit couvert de velours cramoisi, garni de cloux de vermeil, les armes du défunt étoient gravées sur des plaques de même métail, avec l'année de sa naissance & celle de sa mort; sur celles qui couvroient les pieds, étoit gravée la légende suivante: *RESURGAM* (*).

(*) Je ressusciterai.

EXTRAIT

Des principaux articles du Testament de DAVID GARRICK.

JE, David *Garrick*, habitant ma maison dans l'Adelphi, dépose entre les mains de Lord *Camden*, du très-honorable Richard *Rigby*, de *John Patterson*, & *d'Albany Wallis*, Ecuyers, ma maison de Hampton sur la Tamise, dans la Province de Middlessex, avec les deux isles ou islots qui en dépendent; le temple & la statue de Shakespear, ma maison de l'Adelphi, avec les meubles & tableaux des deux dites maisons, pour être remis à Eva-Maria Garrick, ma femme, afin qu'elle en jouisse pendant sa vie naturelle (1), & qu'elle en fasse sa résidence.

Je donne & légue à madite femme tout le linge, vaisselle, porcelaine, chevaux, voitures, tout ce

(1) Dans tous les actes relatifs aux rentes viagères on se sert en Angleterre de cette expression.

que contiendront mes caves dans les deux susdites maisons (1).

Je lui donne de plus 1000 liv. sterling payables, d'abord après mon décès, & 5000 liv. payables une année de date après ma mort.

Je donne & légue à madite femme 1500 liv. sterling par an tout le temps de sa vie naturelle, & & aussi long-temps qu'elle résidera en mes deux susdites maisons, & 1000 liv. sterling dès qu'elle quittera l'Angleterre, ou qu'elle fixera sa demeure soit en Ecosse, ou en Irlande.

La révocation de 1500 liv. sterling ne peut avoir lieu qu'au cas où la provision faite pour sa sûreté dans les divisions, intérêts & profits provenans de la somme de 10000 liv. sterling accordée par contrat de mariage, réponde à cette somme, laquelle par un accord mutuel, a été placée dans les fonds publics comme une caution pour son douaire, &

---

(1) Article très-essentiel dans un pays ou l'on boit beaucoup de vin, & où l'on paye douze livres pour une bouteille de vin de Champagne.

que le droit du tiers sur tous mes biens effectifs, accordé par la loi commune (1) soit acquitté.

Je donne & légue à mon neveu David Garrick, la maison, fermes, jardin, maisons & terres, situées à Hampton, en exceptant celle léguée à ma femme.

Je dépose entre les mains de mes susdits Exécuteurs testamentaires, le fief de Heudon, avec mon droit de patronnage sur l'Eglise dudit fief, avec ordre de le vendre, & d'en employer les deniers, suivant ma volonté spécifiée ci-après.

Je donne, après le décès de ma femme, la statue de Shakespear, & ma collection des anciennes pièces de Théatre, au museum Britannique.

Je donne à mon neveu Carrington Garrick, le reste de ma bibliothèque, en exceptant néanmoins pour la valeur de 100 liv. sterling de livres en faveur de ma femme, suivant son choix.

Je donne à l'institution établie pour le soulagement des pauvres Acteurs, les maisons acquises du

(1) *Common Law.*

Théatre

Théatre de Drury-Lane pour cette même institution.

Je donne à mon frère George Garrick 10000 liv. sterling, à mon frère Pierre 3000 livres, à mon neveu Corringion Garrick 6000 livres, à mon neveu David Garrick, outre la dot que je suis convenu de lui payer le jour de son mariage, la somme de 5000 liv. sterling.

Je dépose entre les mains de mes Exécuteurs testamentaires, la somme de 6000 sterling (faisant partie de mes biens) en faveur de ma nièce Arabella Shaw, femme du Capitaine Shaw.

Je donne à ma nièce Catherine Garrick, la somme de 6000 liv. sterling qu'elle recevra le jour de son mariage, ou à sa majorité (1).

Je donne à ma sœur Mercia Doxey, la somme de 3000 liv. sterling; & à la nièce de ma femme *actuellement* avec nous à Hampton (2), la somme de 1000 liv. sterlin.

---

(1) En Angleterre, les hommes & les femmes sont majeurs à vingt-un an.

(2) Ceci prouve que Garrick a fait son testament dans sa maison de campagne à Hampton.

Si les susdits legs excédoient les fonds assignés pour les payer, chaque légataire diminuera mes bienfaits à raison de la somme que je lui accorde jusqu'à la mort de ma femme : l'argent qui proviendra pour lors de la vente de *Hampton*, & les fonds destinés pour la sûreté de ses rentes viagères, rentreront à son décès dans ma succession, & serviront à dédommager les légataires. S'il restoit du surplus, je veux qu'il soit partagé à portions égales entre mes plus proches parens, suivant l'ordre observé dans les successions *ab intestat.*

En conséquence de ma dernière volonté, je nomme les mentionnés ci-dessus mes Exécuteurs testamentaires, en foi de quoi j'ai signé & apposé mes armes à cet écrit le 24 de Septembre 1778.

DAVID GARRICK.

Plus bas.

Sic transit gloria mundi.

www.ingramcontent.com/pod-product-compliance
Ingram Content Group UK Ltd.
Pitfield, Milton Keynes, MK11 3LW, UK
UKHW021932190726
13853UKWH00002B/997